Le meilleur des mondes

FichesdeLecture.com

Le meilleur des mondes
(Fiche de lecture)

I. INTRODUCTION

Le Meilleur des Mondes est un roman d'anticipation écrit par Aldous Huxley en 1931, en quelques mois seulement. Il paraît sous le titre de *Brave New World* en 1932.

Le titre anglais original est une référence directe à la pièce de Shakespeare intitulée *La Tempête*. Pour sa version française, une référence à Voltaire a été utilisée.

II. RÉSUMÉ DE L'ŒUVRE

Les premiers chapitres (I à VI) nous décrivent en détail le monde imaginé par l'auteur. L'histoire commence à Londres, en l'an 632 de Notre Ford. Un groupe de jeunes visite un Centre d'incubation et de conditionnement, sur les pas du directeur et de l'un de ses assistants, Henry Foster. Ils y découvrent la manière dont la reproduction n'est plus du tout naturelle et sexuée, mais au contraire, les individus sont créés dans des laboratoires où l'on développe des milliers de fœtus, conditionnés pour appartenir à telle ou telle caste de la société. Cela permet de réguler le fonctionnement de cette dernière, d'un point de vue économique notamment.

Certains humains vivent hors de cet État Mondial : ils sont parqués comme des bêtes dans des Réserves à Sauvages.

Cinq castes existent dans l'État Mondial : Alpha et Bêta sont les supérieures, Gamma, Delta et Epsilon les classes les plus basses (d'ailleurs, on prive les embryons des Epsilons d'oxygène, et on leur injecte des produits chimiques pour limiter leurs capacités futures). Chaque caste, de plus, est divisée en groupes « moins » et « plus ». Le conditionnement fait que chaque individu est satisfait de sa condition. Jamais un enfant Delta ne développera de goût pour les livres ou les fleurs, par exemple : ce sera un consommateur docile.

Dans le centre d'incubation, des méthodes hypnopédiques sont utilisées pour que les enfants apprennent les lois et règles de leur monde, notamment pendant leur sieste.

De plus, on conditionne les jeunes enfants (lors de jeux extérieurs auxquels assiste groupe) à perdre leurs émotions, leurs désirs. Il faut dire que le Monde d'Huxley a fait de la maternité un véritable tabou, et que seule la sexualité est considérée comme un loisir. Les exercices dits malthusiens empêchent toute reproduction. La solitude est une attitude suspecte et jugée dangereuse dans un monde où tout le monde doit s'épanouir et consommer.

Toujours dans cet esprit d'équilibre et de bonheur sociétal, les hommes consomment du Soma, une sorte de drogue parfaite puisqu'elle rend heureux sans dommages collatéraux. On en distribue aux gens après leur journée de travail.

Plusieurs personnages importants dans l'histoire nous sont présentés : Bernard Marx (Alpha) et Lénina Crowne (Bêta). Marx, malgré son statut, est un marginal aux goûts différents de ceux pour lesquels sa caste est programmée. D'autres personnages font leur apparition, comme Helmholtz Watson. Les deux amis discutent justement de leur vision critique de l'État Mondial, même si ce dernier est moins virulent que Bernard.

Marx obtient à son Directeur l'autorisation de visiter une Réserve au Nouveau-Mexique. Ce dernier lui raconte alors l'histoire d'une femme qu'il a connue il y a vingt ans, qui s'y est perdue et que l'on n'a jamais retrouvée. Au final, il lui accorde le permis, et Bernard et Lénina partent pour la Réserve. Bernard apprend que son supérieur, inquiet de son tempérament antisocial et difficile, veut l'exiler en Islande à son retour, ce qui le met en rage. Mais il décide de quand même visiter la Réserve. Là, ils rencontrent des habitants de la réserve qui, comble de l'horreur, se reproduisent entre eux et vivent dans un monde non stérilisé. Lénina est choquée. Elle et Bernard rencontrent Linda, qui aurait vécu dans l'État Mondial avant de donner naissance à John « Le Sauvage ». John, contrairement aux autres « sauvages », a un peu de culture transmise par sa mère, et connaît Shakespeare. Il voudrait découvrir l'Ancien monde de Linda, et Bernard accepte de les emmener à Londres avec eux.

John « le sauvage » est donc confronté à ce Nouveau monde « merveilleux », c'est du moins ce qu'il en pense au départ. C'est un tel succès que Bernard n'est pas envoyé en Islande, et que son Directeur démissionne, humilié. Il faut dire que John n'est autre... que son propre fils, issu de cette femme perdue dans la réserve il y a des années !

John et Helmholtz deviennent amis et aiment parler de littérature. Lénina essaie de séduire John, ce qui pose quelques problèmes...

Linda décède, car depuis son retour elle était devenue totalement dépendante du soma ; cela provoque les pleurs de John, au grand dam des témoins qui ont été conditionnés pour ne pas ressentir ce genre d'émotion lors d'un décès. John se met en colère et tente ensuite de jeter du Soma pour empêcher des Deltas d'en prendre, et c'est finalement la police qui doit intervenir pour calmer la rixe. John est embarqué, ainsi que Bernard et Hemlholtz, qui étaient présents.

Tous trois sont confrontés à Mustapha Menier, administrateur mondial. Un long débat s'engage entre les deux hommes sur la raison d'être de l'organisation de l'État Mondial. Mustapha décide que Bernard et son ami vont être exilés en Islande et aux Malouines pour vivre avec les marginaux de la société. John ne peut pas repartir pour le moment.

Le dernier chapitre raconte comment John s'évade de Londres et se réfugie dans un phare en périphérie de la ville. Il s'y organise et crée un petit jardin. Mais il a toujours sur la conscience la mort de Linda, et n'arrive pas à vivre avec cette culpabilité permanente. Il s'auto flagelle, ce qui attire l'attention de reporters et de passants, qui finissent par le harceler.

Un jour que Lénina est dans la foule, ainsi qu'Henry Foster, John la voit et l'attaque. On l'endort au soma et le jour suivant, plein de haine et de dégoût envers lui-même, il se suicide par pendaison.

III. PRÉSENTATION DES PERSONNAGES PRINCIPAUX

Bernard Marx

L'un des héros du roman est un mâle Alpha, qui est toutefois très différent des autres membres de son rang. Il refuse de prendre du soma et préfère une véritable tristesse à une gaieté illusoire, et a des idées hérétiques pour le monde dans lequel il vit. Ses opinions sur la sexualité, le sport et la société dans son ensemble le détachent du lot, ce qui pousse même son chef à penser qu'il doit l'exiler pour son tempérament asocial. Son nom de famille rappelle celui de Karl Marx.

On sent que Bernard est frustré car il aurait aimé s'intégrer à cette société, mais il n'y parvient pas ; cela dépasse les simples considérations idéologiques. D'ailleurs, lorsqu'il se sent menacé, il peut vite se montrer bas et cruel.

À la base, une erreur de conditionnement a conduit à une trop petite taille de Bernard, ce qui le complexe fortement dans son existence.

Helmholtz Watson

Lui aussi est un Alpha, et c'est le meilleur ami de Marx. C'est un bon professeur mais il trouve son travail plutôt futile et dépourvu de sens. Mais c'est un homme modèle, au sens où il est beau, grand, sportif et très intelligent... toutefois, il est ami avec Marx, car lui aussi à des choses à reprocher au système apparemment utopique de l'État Mondial.

Toutefois, la base de sa critique est bien plus philosophique que celle de Bernard. En réalité, c'est son trop-plein d'intelligence qui lui fait ressentir la futilité de sa société et de sa propre utilité. Il incarne l'intelligence incompatible avec un monde insensible.

John

Fils caché du Directeur et de Linda, il a passé toute sa jeunesse dans la Réserve du Nouveau-Mexique. Il ne parvient pas à s'adapter à la société de l'État Mondial, malgré son enthousiasme premier. Sa vision du monde est entièrement basée sur sa connaissance des pièces de Shakespeare, qu'il connaît par cœur.

John a environ vingt ans lorsqu'il entre dans l'histoire. Il est attiré par Lénina et voudrait avoir des relations sexuelles avec elle de manière exclusive, ce qui n'est pas du tout dans les mœurs de l'État monde, où tout le monde appartient à tout le monde.

Après la mort de sa mère, sa propre lutte contre le soma symbolise sa révolte contre le monde aseptisé, décérébré et abruti au sens médicamenté du terme, dans lequel il a été plongé.

Son suicide est une condamnation sans appel de ce soi-disant « meilleur du monde », en montrant comment l'être qui nous ressemble le plus dans ce roman est mort inadapté.

Lénina Crowne

Cette Bêta-plus est une très belle femme, qui travaille dans le service de vaccination du Centre de conditionnement. Contrairement à Bernard, son conditionnement a été parfaitement réussi... elle ne doute pas un instant de son monde et de la place de chacun.

Lénina va être attirée par plusieurs hommes dans le livre, Henry, Bernard et John. Son comportement est parfois peu orthodoxe, cependant, car en se donnant à un seul homme pendant plusieurs mois, elle défie directement une loi importante de sa culture.

Mais elle ne comprendra jamais le système de valeurs de John, pour lequel elle n'a pas été conditionnée.

Mustapha Ménier

Il a le statut très spécial et élevé d'Alpha Double Plus. Il est Administrateur Mondial d'Europe occidentale. Or il n'y a que dix Administrateurs mondiaux pour tout l'État monde, ce qui donne une idée de son importance.

La perception qu'en a le lecteur évolue au long du roman. En effet, on s'aperçoit qu'il est très intelligent, mais que sa position et ses règles sont plus dues à un grand réalisme et à la réflexion qu'à son conditionne-ment initial.

Plus jeune d'ailleurs, en tant que jeune scientifique, il avait mené des recherches illicites... lui-même conserve encore de la littérature interdite... En anglais, son nom est « Mond », ce qui rappelle sa puissance.

Henry Foster

Alpha typique, il est l'un des amants de Lénina. Bernard est jaloux de lui.

Linda

La mère de John est une Bêta, avant de tomber enceinte du Directeur et de se perdre dans une réserve de sauvage, donnant ensuite naissance à son fils… Elle meurt d'overdose de soma lors de son retour dans le Monde.

IV. AXES DE LECTURE

Société industrielle et fordisme

On peut interpréter cet ouvrage comme une critique du fordisme appliqué à une société dans toutes ses dimensions. Ainsi, l'État monde (dont le calendrier est celui de Notre Ford) a appliqué les principes d'Henry Ford aux êtres humains : production de masse, homogénéité, prédictibilité, organisation totale de la consommation, et ce dès la conception des types d'embryons et des goûts des enfants. Le centre rappelle d'ailleurs les chaînes d'assemblage, dans l'idée d'enchaînement. Ford lui-même est révéré comme une divinité, puisqu'un jour lui est dédié, et que les personnages jurent par son nom.

Le conditionnement social

L'ouvrage critique à la fois la division par classes (d'ailleurs les noms évoquent Lénine, Marx, etc.) et les techniques d'asservissement et d'endoctrinement de la population, même pendant le sommeil. L'usage répandu, voire obligatoire, du soma (dont le nom évoque directement une boisson toxique de l'Inde antique) pourrait être analysé comme une sorte de communion religieuse.

Toutefois, les techniques biologiques utilisées pour contrôler la population dans *le Meilleur des Mondes* n'incluent pas de modifications génétiques per se. Il faut dire qu'Huxley a écrit le livre avant que la structure génétique ne soit connue.

On compare souvent, sur ce point, la demarche d'Huxley à la critique d'Orwell dans *1984*, à travers la dénonciation d'un système totalitaire régissant la vie de chaque individu.

Attention toutefois, ce qu'Huxley dénonce n'est pas le progrès scientifique, mais l'utopie aveugle en elle-même : son propre frère était généticien…

Les caractéristiques majeures du Meilleur des Mondes

- La société est divisée en castes et en groupes + et –
- La sexualité n'a d'autre finalité que le divertissement (non la reproduction, qui est contrôlée en laboratoire), puisque « tout le monde appartient à tout le monde »
- Il s'agit d'un régime théocratique
- Tout part d'un conditionnement initial
- Tous les loisirs et divertissements doivent être faits en groupes, car une activité solitaire est suspicieuse.
- La consommation est un élément fondamental de bon fonctionnement du monde

L'opposition entre vérité et bonheur

Le soma, les limites de l'éducation ou du développement pour certaines castes, l'interdiction de toute une littérature et d'ouvrages religieux, le conditionnement… tous ces éléments paraissent souligner une chose : la contradiction fondamentale entre la vérité (symbolisée par la connaissance et la culture) et le bonheur.

Dans ce monde parfait qu'imagine Huxley, les gens sont heureux parce qu'ils ne sont pas conscients de la vérité du fonctionnement de leur monde.

Voici donc quelques pistes qui laissent à méditer sur le(s) message(s) profond(s) d'Huxley dans cet ouvrage, classé parmi les plus célèbres de la planète.

Dans la même collection en numérique

Les Misérables
Le messager d'Athènes
Candide
L'Etranger
Rhinocéros
Antigone
Le père Goriot
La Peste
Balzac et la petite tailleuse chinoise
Le Roi Arthur
L'Avare
Pierre et Jean
L'Homme qui a séduit le soleil
Alcools
L'Affaire Caïus
La gloire de mon père
L'Ordinatueur
Le médecin malgré lui
La rivière à l'envers - Tomek
Le Journal d'Anne Frank
Le monde perdu
Le royaume de Kensuké
Un Sac De Billes
Baby-sitter blues
Le fantôme de maître Guillemin
Trois contes
Kamo, l'agence Babel
Le Garçon en pyjama rayé
Les Contemplations

Escadrille 80

Inconnu à cette adresse

La controverse de Valladolid

Les Vilains petits canards

Une partie de campagne

Cahier d'un retour au pays natal

Dora Bruder

L'Enfant et la rivière

Moderato Cantabile

Alice au pays des merveilles

Le faucon déniché

Une vie

Chronique des Indiens Guayaki

Je voudrais que quelqu'un m'attende quelque part

La nuit de Valognes

Œdipe

Disparition Programmée

Education européenne

L'auberge rouge

L'Illiade

Le voyage de Monsieur Perrichon

Lucrèce Borgia

Paul et Virginie

Ursule Mirouët

Discours sur les fondements de l'inégalité

L'adversaire

La petite Fadette

La prochaine fois

Le blé en herbe

Le Mystère de la Chambre Jaune

Les Hauts des Hurlevent

Les perses

Mondo et autres histoires

Vingt mille lieues sous les mers

99 francs

Arria Marcella

Chante Luna

Emile, ou de l'éducation

Histoires extraordinaires

L'homme invisible

La bibliothécaire

La cicatrice

La croix des pauvres

La fille du capitaine

Le Crime de l'Orient-Express

Le Faucon malté

Le hussard sur le toit

Le Livre dont vous êtes la victime

Les cinq écus de Bretagne

No pasarán, le jeu

Quand j'avais cinq ans je m'ai tué

Si tu veux être mon amie

Tristan et Iseult

Une bouteille dans la mer de Gaza

Cent ans de solitude

Contes à l'envers

Contes et nouvelles en vers

Dalva

Jean de Florette

L'homme qui voulait être heureux

L'île mystérieuse

La Dame aux camélias

La petite sirène

La planète des singes

La Religieuse

1984 A l'Ouest rien de nouveau

Aliocha

Andromaque

Au bonheur des dames

Bel ami

Bérénice

Caligula

Cannibale

Carmen

Chronique d'une mort annoncée
Contes des frères Grimm
Cyrano de Bergerac
Des souris et des hommes
Deux ans de vacances
Dom Juan
Electre
En attendant Godot
Enfance
Eugénie Grandet
Fahrenheit 451
Fin de partie
Frankenstein
Gargantua
Germinal
Hamlet
Horace
Huis Clos
Jacques le fataliste
Jane Eyre
Knock
L'homme qui rit
La Bête humaine
La Cantatrice Chauve
La chartreuse de Parme
La cousine Bette
La Curée
La Farce de Maitre Pathelin
La ferme des animaux
La guerre de Troie n'aura pas lieu
La leçon
La Machine Infernale
La métamorphose
La mort du roi Tsongor
La nuit des temps
La nuit du renard
La Parure

La peau de chagrin
La Petite Fille de Monsieur Linh
La Photo qui tue
La Plage d'Ostende
La princesse de Clèves
La promesse de l'aube
La Vénus d'Ille
La vie devant soi
L'alchimiste
L'Amant
L'Ami retrouvé
L'appel de la forêt
L'assassin habite au 21
L'assommoir
L'attentat
L'attrape-coeurs
Le Bal
Le Barbier de Séville
Le Bourgeois Gentilhomme
Le Capitaine Fracasse
Le chat noir
Le chien des Baskerville
Le Cid
Le Colonel Chabert
Le Comte de Monte-Cristo
Le dernier jour d'un condamné
Le diable au corps
Le Grand Meaulnes
Le Grand Troupeau
Le Horla
Le jeu de l'amour et du hasard
Le Joueur d'échecs
Le Lion
Le liseur
Le malade imaginaire
Le Mariage de Figaro
Le meilleur des mondes

Le Monde comme il va

Le Parfum

Le Passeur

Le Petit Prince

Le pianiste

Le Prince

Le Roman de la momie

Le Roman de Renart

Le Rouge et le Noir

Le Soleil des Scortas

Le Tartuffe

Le vieux qui lisait des romans d'amour

L'Ecole des Femmes

L'Ecume Des Jours

Les Bonnes

Les Caprices de Marianne

Les cerfs-volants de Kaboul

Les contes de la Bécasse

Les dix petits nègres

Les femmes savantes

Les fourberies de Scapin

Les Justes

Les Lettres Persanes

Les liaisons dangereuses

Les Métamorphoses

Les Mouches

Les Trois mousquetaires

L'étrange cas du Dr Jekyll et de Mr Hyde

L'Ile Au Trésor

L'île des esclaves

L'illusion comique

L'Ingénu

L'Odyssée

L'Ombre du vent

Lorenzaccio

Madame Bovary

Manon Lescaut

Micromégas
Mon ami Frédéric
Mon bel oranger
Nana
Ne tirez pas sur l'oiseau moqueur
Notre-Dame de Paris
Oliver twist
On ne badine pas avec l'amour
Oscar et la dame rose
Pantagruel
Le Misanthrope
Perceval ou le conte du Graal
Phèdre
Ravage
Roméo et Juliette
Ruy Blas
Sa Majesté des Mouches
Si c'est un homme
Stupeur et tremblements
Supplément au voyage de Bougainville
Tanguy
Thérèse Desqueyroux
Thérèse Raquin
Ubu Roi
Un Barrage contre le Pacifique
Un long dimanche de fiançailles
Un secret
Vendredi ou la vie sauvage
Vipère au poing
Voyage au bout de la nuit
Voyage au centre de la terre
Yvain ou le Chevalier au lion
Zadig

À propos de la collection

La série FichesdeLecture.com offre des contenus éducatifs aux étudiants et aux professeurs tels que : des résumés, des analyses littéraires, des questionnaires et des commentaires sur la littérature moderne et classique. Nos documents sont prévus comme des compléments à la lecture des oeuvres originales et aide les étudiants à comprendre la littérature.

Fondé en 2001, notre site FichesdeLectures.com s'est développé très rapidement et propose désormais plus de 2500 documents directement téléchargeables en ligne, devenant ainsi le premier site d'analyses littéraires en ligne de langue française.

FichesdeLecture est partenaire du Ministère de l'Education du Luxembourg depuis 2009.

Plus d'informations sur www.fichesdelecture.com

Notes :